Nishimura Masahiro Senryu Collection YAMABIK

川柳句集

やまびこ

西村正紘

新葉館出版

序

西村正紘さんが川柳句集〝やまびこ〟を出版される。

思えば、平成六年に一冊目の句集「村長さんと並んで」を出されてから、早くも十七年が経過している。私共正紘ファンにとっては待望の第二冊目ということになる。

あれからの正紘さんの川柳活動は、目を見張るものがある。川柳総合雑誌「川柳マガジン」では入選の常連で、特に〝笑いのある川柳〟では大きな実績がある。九州近郊の大会は言うに及ばず、全国大会へも車を飛ばして参加される。私達も一緒にその恩恵を受けていて、誠に有り難いと思っている。それに、平成二十三年二月からは、朝日新聞佐賀版川柳欄の選者も務められていて、正に八面六臂の活躍である。

正紘さんの川柳は、その人柄と相俟って、温かくユーモアがあり、言い過ぎず、言わな過ぎず「正紘調」にいよいよ磨きがかかって来た。

不幸中の幸いだとは不幸です
見納めの桜を見せに誘い出す
思い切り怒られたのでホッとする
ルンルンルン道を譲っただけなのに
大根を洗うにんじん色の指
間違い電話もっと話してみたい声
下積みの長さ大輪咲いている
渋柿の値打ちを理解する齢
足し算の力を蟻は知っている
居るだけの親孝行はしてくれる

正紘さんは、時事川柳も得意とされていて、物事の本質を見極める洞察力には素晴らしいものがある。

犠牲者は今度も現場作業員
学説の違いを卑弥呼不思議がり
テポドンの射程で鼾かいている

台風を消せばノーベル賞あげる

長年お勤めだった奥様が定年退職されて、三人のお子さん達もそれぞれ社会人となられているし、お孫さんも誕生されているので、満を持しての出版と思われるが、

どんちゃん騒ぎしてよ私が逝った時

の句もちゃっかり紛れ込んでいるし、

交代で食事を済ます孫の守り

の句もあり、今後はお孫さんを詠んだ句も増える事だと思われる。

楽しもうこれから花の八合目

の句のとおり、奥様共々健康に留意され、これから先も、私達を楽しませる益々のご健吟をお祈りする。

平成二十三年十二月一日

番傘川柳本社同人

真島　清弘

やまびこ■目次

やまびこ

好奇心

第一章

母を看るゆっくり鯛の身をほぐす

迎え酒までが私のフルコース

フーテンの寅では困る呼び戻す

昨日なら幾つもあった選択肢
ひやっとした話を楽しそうにする
色褪せる前に紫陽花切ってやる

里帰りそのまま川へ飛んで行く

置いてないですねつれない大書店

諦めてラジオを切った勝っていた

折からの雪と一緒に墓参り
ほどほどの達筆までは読めますが
春うらら大きなミスに気付かない

他人にもきっと優しい許せない
さよならはまた会うためのおまじない
不幸中の幸いだとは不幸です

海峡を跨ぐと牛が寝ています
活力の素はどうやら好奇心
居るだけの親孝行はしてくれる

ソーメンを待たせ畑の唐辛子

新緑よバンザイ地球ありがとう

取り敢えずブルーシートをかけてある

目標は崩さず次の次の春
空けてます今も左手薬指
タクシーを待たせろれつが回らない

生き物を拒絶するほど透き通る

学説の違いを卑弥呼不思議がり

緞帳を贈った社名まだ光る

三面鏡上手になった白髪染め
雪辱を果たした時に泣けばよい
渋柿の値打ちを理解する齢

記憶とは儚いものよ僕の負け

飲み屋への近道ならば知っている

何食わぬ顔で出馬のタイミング

苦情だと気付かないほど遠回し
憎いほど肝が据わったワンチャンス
じっくりと敗者の涙かみしめる

転院をしても変わらぬ処方箋

太陽が沈むと別の顔になる

声かけた数だけ詫びる後始末

別れますもう別れます別れない

アンテナを張ってとぐろを巻いている

交代で食事を済ます孫の守り

電話ベルちょうど入れ歯をのけたとこ

お役所の目に適うまで書き直す

犠牲者は今度も現場作業員

朝風呂へタオル一本担ぐ肩

使い道を心配されるほど稼ぐ

仏門へ女盛りの不退転

変人の隣の家で分かりよい

逸早く白旗あげる手もあった

生物の図鑑が合わぬ温暖化

筍のように着ている脱衣籠

殺人鬼刑が重いと主張する

スナックへ行けば社長と呼ばれます

一度だけ浮気してみる仕入れ先
誕生日いつものランチ食べている
しっかりと育て過ぎたか譲らない

訂正の訂正をする気の重さ
酔う前に会費の話しときます
気構えが違う豪雪地の瓦

ケータイでいつも貴方の側にいる

遅刻まで入れて全員勢揃い

改革は無理か羊の群ればかり

春の空思い遣りとはこんな色

鉄条網ひとの心に突き刺さる

うなぎではカバー出来ないほど暑い

サケ不漁ホタテも不漁コンブ干す
断末魔でしたか派手なコマーシャル
足し算の力を蟻は知っている

仲人の才女の意味が分かりかけ
大騒ぎたかが眼鏡のネジ一個
ナマ物は嫌だ幹事を困らせる

肩書きのとれた名刺と昼寝する

ピラニアに食い尽くされるスキャンダル

強くなる円が日本を痛めつけ

小走りで不動産屋は歩きます
懐メロの喉に油をさしておく
お決まりの妻の小言へ生返事

家に居て洗濯物をまた濡らし
溜息をまぜて噂の花が咲く
直球をズバッと決めてハイタッチ

ポリープの太さを自慢してる指

居留守だとプンプン臭う引き返す

ライラック心は北へ飛んでいる

煩悩を徐々にお返しする旅路

上げ底のお銚子ですと仲居さん

原発の専門家さえ口ごもる

幸いに地獄の味を知っている

デュエットがぴったり合った星月夜

意地と意地最高裁に辿り着く

保育園かまれた痕をつけてくる

稲庭も讃岐も油断なされるな

生涯を長屋で暮らす競馬通

雑魚だろう高価な餌を食い散らす
千鳥足ねぐらは知っているらしい
単純に振れる世論の恐ろしさ

大アラ煮唐津くんちの太っ腹
あいまいに答える時の笑い顔
太陽が頭の上でおはようさん

薬草が好きで病気に嫌われる

なぎ倒し台風の勝ち日本場所

怪しげな投資話がまた生まれ

お買い得して颯爽と帰宅する
キャンプ場買い出し組に頼む酒
ありがとう今日は女将の奢りです

落ちこぼれこぼれるほどの花を付け

アンケートさえも年齢さばを読む

猛暑日は死んだふりして家に居る

銘柄の希望も添えるビール党
いくつかの奇跡の上の金字塔
おめでとうだけど止めようビールかけ

見るだけにしましょうジェットコースター

独裁のドラマ民主主義のドラマ

七転び池ぽちゃからのプレーオフ

片隅のニュースで済んだ乱気流

カタブツは役所勤めの後遺症

妻は替えられずクルマを買い替える

戦時中、吉野ヶ里町北部にあった父の赴任地・
小川内小学校にて。
父・正己、姉・玲子、姉・妙子、弟・寛之。

昭和53年4月8日、家族で佐賀県小城市の小城公園を訪れる。
妻·隆子、長女·純子、長男·尚人、次男·敦夫。

皇居前にて母·つやと。(昭和43年12月14日)

急がない旅

第二章

命より大事なメモが見当らぬ
本当を話す訛って構わない
マイカーと長生き比べしています

横路の方もシャッター下りている

球審の肩がぴくっとして止まる

赤出しに浸り伊勢エビご満悦

賞味期限あまりに長いので不安

恐ろしく痛い鍼です治ります

学校では教えていない詐欺盗み

適当に降ればいいのに雨のバカ

切り札を持っているふり持たぬふり

占いの梯子をしてもまだ迷い

仕上がってますとぼやいている鏡
戦争の影がどこかにある背中
泣きついて噛みつく武器を持っている

光り物まとい尽くして足りぬもの
宴会の名札をつけて乗る電車
下積みの長さ大輪咲いている

陽炎が涙ぼかしにする日本

屋根裏のイタチの家賃滞り

嘲笑うように動いている魚影

三月の別れとにかく忙しい

大物の首を捉えてからの詰め

競争の行き着くところ人件費

審判の迷いを庇う砂けむり

税金が無ければ春は気持よい

土が好き太陽が好きごつい指

聞こえないように塞がる耳のタコ

飲んでない時は優しいから困る

その中で一番楽な解説者

軽傷で済んでいるのに悔やむこと

日本の景色に風車仲間入り

毒のある蝶と波長が合ってくる

留守電に弾んで入れるおめでとう

尻尾振る前に遠吠えひとしきり

契約を更新しない人減らし

古希の坂ボケが道連れ申し出る

天候のことまで詫びている幹事

重い口一部始終を知っている

女性から腹の切り方教えられ
好きですと言えずさよならとも言えず
核を手に大きな顔をする時代

院長の留守に鳴り出す非常ベル
もう少しいけるお銚子振ってみる
その上に退職金の桁違い

妻がまたテレビと歌う変拍子

采配に物申したいテレビ消す

九州に脅しをかける雪マーク

懲りているどころか癖になってます
釣れるまで見ている方も根が尽き
あらまあと出会う診察待合所

出掛けては人の悩みを買ってくる

帰省子へ厨の母の腕まくり

麓では大渋滞の山開き

包帯の下から何か言いたそう

芋の子を洗うがごとく育てられ

暴落のキャベツをつぶすトラクター

正論を援護する手が上がらない
噴火するトップ人事の内輪もめ
断崖を選んだ松の晴れ姿

割り箸の先に旅役者のあした

馴れ初めはマル秘にしとく夫婦舟

いい旅だ月が微笑みかけている

天下るほどの身でなし草むしる

アメリカを虎に見立てて威を借りる

意外にも一人暮らしの忙しさ

間違い電話もっと話してみたい声

濁流を吸った畳の集積所

一隅を照らした自負は持っている

いいところですね旅人過疎をほめ

団体が一組まじる騒がしさ

友達の友達のコネ当てにする

意志疎通呼吸が楽な二人です

飛び梅に祈る来年こその春

関ヶ原からの貧乏神らしい

悲鳴を上げるほど冷えている便座
陶工の悲哀をバネに窯は燃え
一本の藁を信じている救い

いつ来ても留守です飛んでいる女

沖縄をその気にさせて弄ぶ

見張り小屋クジラと共に生きた島

急がない旅です進路譲ります

うら若い女性の指にあるタバコ

補聴器を外すと地獄耳になる

田舎まで暴走族が出前する

ていねいに挨拶してる人違い

繰り返し記憶の糸を垂れてみる

受け継いだ棚田に天の水を張る

犬猿の仲の意味での名コンビ

誘い球ばかり三回空を切る

桜鯛ぽんぽん船は休まない

二次試験夏日の中の持久走

冒頭の応募規定を読み落とす

嬉しさのあまり声まで裏返る

角帽をかぶってからの遊び人

評判は悪いが選挙には強い

ヤドカリの暮らし手狭になってくる

超法規的な奥の手まだ残り

骨抜きにすれば賛成する議会

恩一つ選挙のたびに顔を出し
春風とモンローウォークしています
ヒトラーに世界は何を学んだか

物思いスカイツリーの天辺で

台風を消せばノーベル賞あげる

今年こそ今年こそはとファンの足

お立台おとこが胸を詰まらせる

減反をすすめて嘆く自給率

B型も九州人も腹が立ち

面接に思わぬ踏み絵待っていた
ベテランのハンドル無理は選ばない
一目惚れホップステップゴールイン

お日様に推奨された健康美
戦無派が増える平和をどう築く
下請けは喘ぎ孫請け虫の息

皇居から縁談が来て目が覚める

金刀比羅の下りも杖に助けられ

平穏を祈るかのよう逆さ富士

里の母好きな畑を離れない
票田に雑草ばかり生い茂り
ＣＭの殺し文句に殺される

身勝手な客をにこにこにこ捌く

空前の危機へ政治の不摂生

ごゆっくりされても困るお茶を出し

東京を拠点に長距離トラックに３年間乗務。
勤務先の（株）柴田産業本社の名古屋営業所にて。
（昭和３９年１２月２９日）

埼玉県八潮市にてユニオンフルーツ（株）社員の子供たちと。
（昭和４０年２月）

柴田産業の社員旅行で登った富士山山頂にて。
後列右端が著者（昭和４１年７月30日）。

昭和55年1月6日、北島醇酔宅で行われた佐賀番傘川柳会の正月句会。
２列目左から３番目が著者。

お魚の意見

第三章

年金の支給日までの立ち泳ぎ

くどいほど愛情運を聞いている

国産にこだわる青白い顔で

赴任地の並木いつしか薄紅葉
ＯＫをすれば花道用意され
生きているうちも立派な人でした

盆参り母と歩いた白い道

仮病への特効薬はありますか

責任をちょっと押しやる指の先

植木市それから狭い庭が混み

モンスター親を育てたのは昭和

泥棒が荒らしたような部屋に住む

風花がひらひら春の話など

反省と謝罪が下手な国に住む

立てこもり犯へ説得二晩目

プロポーズ小さく頷いてくれた

大雨を気遣う電話立て続け

胴上げへあと一球を待つベンチ

人間は要らん地球のひとり言
お早うとさよならだけの間柄
国防を忘れてきれい事を言う

おしどりを振り撒きながらウォーキング
道はあるアオムシだって蝶になる
環境の変化へ細いアサリ貝

背番号いまさら隠すものは無い

冗談の中にびっくりするヒント

政治的配慮で一字削除する

入院を予告する人隠す人
お魚の意見はどうだダム論議
長いこと間違い漢字書いていた

覚悟した期間に涙出尽くした
三球で二つ取られたストライク
ばあちゃんと孫に縁側占拠され

置き手紙パーマの後はショッピング
仏様そこに居るなら返事して
惜敗の言葉に貰う爽かさ

誤審だと言わず微妙でとめておく

天窓にもらった春へ弾けよう

あっさりと泥を塗られた嘆願書

毒舌が鳴りをひそめて勘ぐられ
カーナビを三人乗せて行き止まり
ルンルンルン道を譲っただけなのに

種明かし肩の力を抜いただけ
叱らない褒めない上司辞めなさい
超美技もミスも女神のエンマ帳

下着ドロ努力したなと思う数

想定に入れてなかった定休日

注意報くらいで漁は休まない

注目の女性年齢のみ不詳
広辞苑女ごころは書いてない
抱きしめてやろう叱った分の倍

ふかふかの椅子で流れを読み損ね
オイル良し水良しタイヤ異状なし
選曲をすれば懐メロだけ残り

敵すこし八方美人よりはまし

九回に入るリードをされたまま

レーダーは無いが漁師に勘がある

アメとムチ飴だけ掠められている

弱虫が騒いだらしいタイヤ痕

四人部屋ほかの三人スモーカー

古書店を出て古書店に吸い込まれ

雪山の怖さを雪がひた隠す

横縞に変えたらいかがタイガース

行きずりの噂話に腹が立ち
夕霧の墨絵の中の露天風呂
山手線ぐるぐるパズル解けるまで

逢いに行くこころに響く鹿威し
横ヤリを入れる元気はまだ残り
来賓のいずれ劣らぬ長話

大まかに暮らす計算下手だから
焼菓子の香りと歩く石畳
置き忘れ癖が直らず駆け回る

ゆるゆるにしとく夫婦のちょうつがい
お別れになるとカメラは知っていた
メンバーが揃って笑う牌の音

見納めの桜を見せに誘い出す

家庭では僕も名ばかり管理職

教団のその辺りから謎になる

落人の里にも届く南風

吉良の首四十七士の首を斬り

窓口で突きつけられる選択肢

ペンネーム町のみんなが知っている
本当にささやかだった熨斗袋
隠し芸あなたは道を間違えた

倒産の上に持ち逃げされている

粉飾を丸めて出来る雪だるま

シャッターを押してもらって首が切れ

ここからは一人で堪える手術室
初雪や赤いほっぺが跳び回り
シーズンのオフにも山とある作業

集団の中で優しさ身につける

座布団を枕に更けるクラス会

仕分けした事を実行してなんぼ

年金を下ろして穴を少し買う

生え抜きという代物の功と罪

被害者の痛みに堪える冬木立

スカウトが眼鏡の玉を替えている

日清と日露で浮かれ過ぎた罪

夏終わる渋滞気味の診療所

自らの人生だもの好きな道
フルモデルチェンジに社運賭けている
就活に終わりは来ない喧嘩独楽

構わないのが一番のおもてなし

よちよちの孫に辞典を破られる

静脈を探しあぐねる注射針

パチンコは卒業ウマはやってます

虫食いの穴を隠した一張羅

潔白を主張しながら逃げ回り

気遣いをさせないように気を遣う

箱庭が支えてくれる自給率

リードして先頭打者を歩かせる

凶暴の見本のような繁殖期

しんがりは秩父夜祭り踊り詰め

ボーナスを遠く眺めて握る鍬

本当に叩くと親に怒られる
微笑んだ絵文字で出来る仲直り
千年も寄り添うている夫婦杉

農業を知らず嫁いでからの母

推定の文字を被せる孤児の歳

逃げられた話夜逃げをした話

裁判所だって二の足踏む事案

メモ用紙片手にとちる御挨拶

肉付きの良さを税務署不思議がり

梅雨入りの早さよきっと涙雨

レジ袋どすんと妻が帰宅する

キレイだね色とりどりの添加物

集団で辞任しますという抜け毛
うろ覚え頭を下げることばかり
症状の一部は家族にも隠す

蒸しタオルなかなか剥ぎに来てくれず
ストレスや毎回安打無得点
こじれてるうちにペンペン草が生え

佐賀番傘川柳会の例会で柳友たちと。最後列右端が著者。
（平成23年9月11日）。

平成20年5月25日、筥崎宮ぼんぼり川柳大会にて披講中の著者。

信号青になる

第四章

温めた夢へ信号青になる
サングラス開き直れぬ訳がある
酒の出る席に遅れたことはない

三番目くらいの人と結ばれる

参道に帰りは寄ってみたい店

潮干狩り貝の死骸を見て帰り

遠慮する顔を写真屋並べかえ
偶然がそんなに揃う筈はない
美人妻ならば心配するところ

疑いは解けず竹林騒がしい
問題は時を逸していることだ
捕まってほしい逃げ得許さない

招待状ここもお金の要る話

テポドンの射程で鼾かいている

すすき野と狸小路を持つ都会

我が家には埋蔵金は無いのかい

ある別れもう振り向かぬジャンプ傘

自治会がしっかりしてる安心度

賽銭を借りたことまで御見通し

定食屋の小母さんでした縁結び

民営と公営の差か目をつぶる

トイレまで一心すべり込みセーフ

女ばかり昼のビールを追加する

馴れ合いを抉るオンブズマンのメス

人間の腕を見分けている機械
お終いは光りも音もなく閉じる
ラーゲルのことは聞かない話さない

お百度へ神は根負けしたようだ

ポイ捨てるマナーは未だ途上国

とれ立てを刻んでポン酢ぶっかける

キャンパスで大麻学科を履修中
発芽した大志しっかり地を掴む
番組の質とは別な視聴率

健診の流れ作業に身を任せ
要注意内気でしかも勝ち気です
どら息子芸能人に限らない

こそこそが上手になった愛煙家
飛び石を伝えば貴方待っている
お手本は大自然ですリサイクル

茶摘み歌里は釜煎り総がかり

元寇の碇を洗う四季の波

イチローの凄さはセリフにも見える

自販機は一つ只今故障中

直送のサバに脂が乗ってきた

何もかも小泉さんのせいにする

盛り場でもらうチラシを持て余し

体罰に代わる説教まだ続く

黒潮や思いひといろ島椿

善行は知人で不祥事は他人

素人の第六感が上だった

大好きな月曜日です仕事好き

談合と別れたふりも上手くなり

試食した梨は確かに甘かった

稚児落とす悲話を湛える滝の水

格安のラベルはメイドイン何処だ
お荷物に大きくＪＡＬと書いてある
トラックの列が荷捌き待つ夕日

やってみる若さ石橋叩くより

ウォーキング今年も会えたイヌフグリ

忙中の忙もうれしい食事会

浪人の息子と一日遊漁船
慰謝料が半分だけは忘れさせ
入口で信じ出口で騙される

旨いもの食べて無病を自慢する

いつまでも夢見る夢子夢太郎

欠航の場合のことが抜けている

運転はあらあらあらと頼りない
受付けのプロと変人との勝負
ベルリンの壁は内から朽ちていた

お飾りにされた方にも得がある

毛越《もうつう》寺立ち木凛々しく夢を見る

穏やかな顔に戻した童歌

名湯と呼ばれながらも下降線
お祭りが多い元気な土地に住む
観る方の野球は僕も一家言

マニフェスト夢を並べただけのこと
片隅にひっそり軍馬供養塔
ミシュランに代わり私が星あげる

キャッチャーのミットからして逃げている

かわいそう上沼恵美子のお姉ちゃん

改革へ踏み出す貴の触れ太鼓

バブル期の土俵に残る勇み足

神殿へ子の日子の刻手を合わす

決算書つじつまだけは合っている

骨と皮電気毛布に頼りきる

本番へ静かに燃える音合わせ

見る方の阿呆に浸る阿波踊り

豊穣に神もほろ酔う祭り笛
これしきの猛暑昭和に笑われる
権利だけむさぼる民に成り下がり

パチンコが趣味ですどっと拍手され

病院の廊下のろ足急ぎ足

雑草と四つに組んでる汗の量

散華した辺りで影が揺れている
初対面いい友達になる予感
ヘトヘトの選手をテレビ放さない

人知れぬ憂いをよそに揚げひばり

自殺者の八割を占め男です

渋滞の上にパーキングも満車

野良猫の治療に万のつくお金
払う義務あれば天引きいいじゃない
シンプルな出て立ちおしゃれだと思う

糠床にポンと押し込む主婦の腕

赤紙が白木の箱で帰り着く

新庄が取ればば絵になる凡フライ

身内には敢えて厳しくする裁き
少しずつ慣らそう無菌室育ち
寝冷えした喉が怪しくなってきた

究極の賞味期限は鼻で決め

税収の倍の予算で持ちますか

あっけない幕切れでしたハイジャック

まあ座れ座れと猪口が呼びとめる

無実なら真犯人はどこにいる

せめてもの造幣局の通り抜け

左対左に替えて打ち込まれ
宗教の違いだけです啀み合い
母の忌を連れて幾たび巡る春

条約を破棄する軍靴ひびかせて
走っても飛んでも無理な距離にいる
シロウオに受難の春が来てしまう

親戚の人も真相つかみ兼ね
どちらからともなく絶えた年賀状
無死二塁ここで采配試される

第17回久留米川柳大会で披講する著者。(平成20年3月9日)

平成17年4月15日、佐賀市金立町・金立いこいの家で開かれた
「川柳いこい」の例会。

呼子にて斎藤大雄先生夫妻、撫尾清明先生夫妻、遠山しん平さんと。
（平成19年9月23日）

全日本川柳2011年仙台大会前夜祭で横尾信雄さん（写真中央）、田原せいけんさん（右）と。（平成23年6月11日　仙台市「勝山館」にて）

花の八合目

第五章

恋日記ボヤは幾つもありました

骨折と脱臼癖がついた傘

酒が好きだから休肝日を増やす

茹でダコが往生しない口の中
胸騒ぎ嫁に行ったに違いない
吹きこぼし加減にコツがあるらしい

もういいよ人差し指に暇を出す

大根を洗うにんじん色の指

小銭まではたいて馬は来なかった

雑音がひどいハンドル取られそう
躓いて友達多くなっている
トンネルと入江ローカル線の旅

握手する裏で操る後ろ指

譲り合い女の席が決まらない

罪のない雀へ向ける空気銃

マスゲーム見とれるうちに核が出来
二桁で伸びるバブルへ真っしぐら
拉致されたようにクナシリ横たわる

煮魚の匂うところに母がいた
贈り物鉄砲玉の倅から
敵国の秘密兵器になる部品

手の平を反す三顧の礼でした
果物を種無しにして悪びれず
その程度だった鳩山さんの口

気休めの言葉をみんな置いてゆく

罰金を納めるために押す拇印

自民党いつか胡坐をかいていた

太陽のハートを乱すのは地球
神明に誓って嘘をついている
ゲリラ雨水は吸わない都市砂漠

おがくずの中で夢見るクルマエビ

無料だと言うのでウンと返事した

Uターン深刻組と気楽組

源流に点る地球の黄信号
煮え切らぬ同盟国へ咳払い
ドライバー獣道まで知っている

住民の同意得るまでゼロ査定

スーパーのレジへ診察券を出し

墓石にもたっぷり貰うゴビの砂

根性が欲しいすんなりした手足
つんつんの訳が男に分からない
昭和史に真珠湾さえなかったら

大丈夫近くにコイン駐車場

猿回し見てから寒い風ばかり

散歩道マナー違反の犬に会う

屁理屈へいつの間にやら消える妻

大阪のおばちゃん相手なら止そう

白蛇を祀る謂れに手を合わす

跡継ぎのいない豆腐屋さんの笛

床上のここまで水が来た柱

チャイナからどんどん来たれ富裕層

願わくは一升ビンを抱いて死ぬ

軽トラがすぐに集まる機動力

受注額ワイロはたった五億円

長旅の鴨は知らない解禁日

敵わないものに女の立ち話

例外をつくるザル法ではないか

少しずつ動く渋滞まだ救い

ロシアさんもう終わらせましょう悪夢

嫁姑夫の舵が頼りない

漁師歴午前三時に目が覚める

ややこしい揉め事らしい応接間

四島が返る日はいつ蝦夷椿

首都圏に家の金食い虫二匹
出し物は向こうが勝る披露宴
日本の火事場で島を盗まれた

夢を抱く明日もドキドキしていたい

雪解けへ農事暦の発車ベル

予算案陸の孤島はまだ続く

山歩き四駆のような足を持つ
成り金のルーツ普通の小作人
モンタージュ悪人風に仕上げられ

大損をした傷口がまだ赤い

ノサップに立てば四島泣いている

教え子が慕う熱血漢だった

面接を落ちた息子にビール注ぐ

お灯明すなおに泌みる叩き鉦

ムシロ旗平行線は年を越す

カーテンの色は女を捨ててない
空腹の苦痛を知っている世代
見逃しの三振だけは避けたいね

悲しくて皆にさよなら言わず逝く

見送りに出てから長い立ち話

開発と自然保護との喧嘩四つ

行列の前も後ろもリピーター
中国の省略文字が風を切る
変だなと思う数字の裏を読む

窯出しを占うように雲が切れ

不良債権になりそう妻に貸した金

旗頭は古賀茂明さんにする

本人の思い違いでケリがつき

シベリアの星よ六万余の命

国会のヤジが一番やかましい

補助輪を外し損ねた子と暮らす
モルヒネに変えるしかない痛み止め
サヨナラも言わずに逝ってなぜ笑う

地震予知地球は関知していない

復興へ東北道にある熱気

震災を理由にこれも先送り

住所不定無職までなら捕まらぬ
ハイテクを駆使して誤爆くり返す
ビビビッと感電させる赤い糸

決着へ玉虫色の助け船

眠くても勝った番組全部見る

火の海の一歩手前の火の車

日本に霞が関という関所

全焼の方がよかった保険金

バッシング言わば世論の正義感

魚より上手にくぐる法の網

自己破産そんな逃げ道なぜつくる

社長以下くわえタバコで仕事中

潮干狩り銀座にざっと二百隻

人攫う海は血相変えている

控え目に塗ったつもりの厚化粧

旧式のカメラですねと笑われる

日本を跨ぎ北京のエアポート

対岸の花火も地味になっている

集金と知っているのかよく吠える
美しい夢に疲れてまだひとり
伝言にしたら曲解されていた

窓明かり宅配便をほっとさせ
振り込めの刑は最低無期にする
つくろうよ六十億のユートピア

どんちゃん騒ぎしてよ私が逝った時
アルバムの君に答えてほしいこと
楽しもうこれから花の八合目

新潟県の道の駅笹川流れに妻・隆子と（平成21年6月23日）

平成21年6月22日、佐渡歴史伝説館でジェンキンスさんと。

あとがき

この十年ばかりは句会や川柳大会に追われて、未整理のままの句が相当溜まっていました。新葉館から川柳書フェアのお話があり、バスに乗らせてもらいたく走りました。

「やまびこ」は以前、東脊振小・中学校の同級生と恩師の近況や思い出を綴った会誌を私が編集していましたので、馴染みの題字を使わせてもらいました。

真島清弘さん、美智子さんのお伴をして、数か所の介護施設の川柳教室へ行っております。教室の皆さんは、月一回の機会をとても楽しみにされて生き生きと過ごされます。これも川柳のパワーでしょうか。

川柳の持ち味は五七五のリズムにあると思います。十七音を出来るだけ守り、大賞には遠くても、大衆に理解される川柳でありたいと願っております。

平成二十三年は、3・11東日本大震災に象徴される大災害の年になりました。

私は平成十八年に一の宮、鹽竈神社、志波彦神社に参拝しております。平成二十一年には道の駅宮古、道の駅高田松原に立ち寄りました。復興への歩みへ微力ながら協力を続けねばならない、と思っています。

川柳に打ち込む私を、ここまで育ててくださった指導者の方々、ワイワイがやがや川柳を語り合える多くの柳友に感謝申し上げます。「やまびこ」を開いていただくのも御縁です。ありがとうございます。

最後になりましたが、拙い句を整理して、一冊に仕上げるまで温かく対処してくださいました新葉館の竹田麻衣子様、スタッフの皆様に厚くお礼申し上げます。

平成二十三年十二月吉日

西村　正紘

【著者略歴】

西村正紘（にしむら・まさひろ）

昭和16年2月28日
　佐賀県吉野ヶ里町に生まれる
　東脊振小、中学校、神埼高校、
　宮崎大学農学部卒業

昭和52年　新聞初投句
昭和53年　わかば川柳会入会
昭和54年　佐賀番傘川柳会入会
昭和55年　番傘川柳本社初投句
昭和59年　秋季 番傘川柳本社同人

平成20年から佐賀県文学賞川柳部門審査員
平成23年から朝日新聞佐賀版川柳欄選者

現住所
〒842-0103　佐賀県神埼郡吉野ヶ里町大曲2686
TEL＆FAX　0952-52-1955

やまびこ

○

平成24年5月11日　初　版
平成25年7月13日　第2刷

著　者
西　村　正　紘

発行人
松　岡　恭　子

発行所
新　葉　館　出　版
大阪市東成区玉津1丁目9-16 4F　〒537-0023
TEL06-4259-3777　FAX06-4259-3888
http://shinyokan.ne.jp/

印刷所
株式会社 シナノ

○

定価はカバーに表示してあります。

ISBN978-4-86044-462-4